AF463224

16 décembre 1872

CATALOGUE

D'UNE BELLE COLLECTION

D'OBJETS DE LA CHINE

ET DU JAPON

Émaux cloisonnés; Porcelaines; Bronzes;

Matières précieuses; Laques; Meubles; Étoffes;

Deux belles Encoignures Louis XV.

Le tout appartenant à M. Louirette,

ET DONT LA VENTE AURA LIEU

HOTEL DROUOT, SALLE N° 8

Le Lundi 16 Décembre 1872,

A UNE HEURE ET DEMIE

Par le ministère de Mᵉ **CHARLES PILLET**, Commissaire-Priseur,
10, rue de la Grange-Batelière;

Assisté de M. **CHARLES MANNHEIM**, Expert, 7, rue St-Georges.

Chez lesquels se trouve le présent Catalogue

EXPOSITIONS { *PARTICULIÈRE* : le Samedi 14 Décembre 1872,
PUBLIQUE : le Dimanche 15 Décembre 1872,
De une heure à cinq heures.

CONDITIONS DE LA VENTE.

Elle sera faite au comptant.

Les adjudicataires payeront *cinq pour cent* en sus des enchères.

L'exposition mettant le public à même de se rendre compte de l'état des objets, il ne sera admis aucune réclamation une fois l'adjudication prononcée.

Paris. — Imp. de PILLET fils aîné, rue des Grands-Augustins, 5.

DÉSIGNATION DES OBJETS

ÉMAUX CLOISONNÉS DE LA CHINE

1 — Très-grand et beau brasero formé d'un large bassin rond à bord plat festonné et posant sur trois pieds formés de têtes d'éléphants. Le tout en émail cloisonné de la Chine, offrant en décor des chevaux au galop et des fleurs arabesques en couleurs sur fond bleu turquoise. Le couvercle dômé est en bronze repercé à jour et se compose d'une double zone de dragons et de chauves-souris se jouant dans les nuages. Le bouton qui le surmonte est formé d'un dragon enroulé à tête fantastique. Pièce remarquable.

Haut., sans le socle, 48 cent.

2 — Deux très-grands Vases en émail cloisonné à fond rouge, couverts de fleurs et d'insectes émaillés en couleurs.

Haut., 1 mèt. 20 cent.

3 — Deux Groupes formés chacun d'une grande chimère debout supportant un personnage posé à califourchon. Le tout émaillé de couleurs variées avec parties réservées en bronze doré. Socles en bois sculpté découpé à jour.

Haut., 49 cent.; larg., 56 cent.

4 — Deux beaux Vases forme balustre à panse sphérique, décorés de dragons blancs et bleus se jouant dans les flots émaillés noir. Le col est décoré d'arabesques et de feuilles se détachant en couleurs sur fond noir. Les anses en bronze doré sont ornées de têtes chimériques et garnies d'anneaux mouvants.

Haut., 50 cent.

5 — Grand et beau Vase modèle balustre, à deux anses garnies d'anneaux mouvants. Il est couvert d'un riche décor d'ornements émaillés en couleurs variées ainsi que de têtes fantastiques.

Haut., 67 cent.

6 — Garniture de trois pièces composée d'un brûle-parfums et de deux éléphants porte-vases. Le brûle-parfums, de forme rectangulaire, repose sur quatre pieds cintrés dorés en partie. La panse est décorée d'ornements émaillés en couleurs sur fond bleu turquoise; elle est enrichie d'arêtes saillantes réservées en bronze. Le couvercle, également en émail, offre des parties en bronze ciselé et doré découpées à jour et il est surmonté d'une chimère assise.

Les deux éléphants, émaillés noir, sont couverts de riches caparaçons émaillés bleu turquoise, à fleurs, et enrichis de cristaux incrustés imitant les pierres précieuses. Chacun d'eux supporte un petit vase à fond rouge, garni de deux anses émaillées bleu et reposant sur des petits socles à fond blanc.

Haut. de la Cassolette, 39 cent.; larg., 22 cent.
Haut. des Éléphants, 37 cent.; larg., 36 cent.

7 — Deux Vases forme balustre, décorés de paysages avec cours d'eau, cerfs et autres animaux émaillés en couleurs sur fond bleu turquoise.

Haut., 70 cent.

8 — Deux grands Brule-parfums reposant sur trois pieds et à deux anses surélevées, décorés de fleurs sur fond bleu.

Haut., 80 cent.

9 — Deux Vases modèle cornet carré à panse renflée, en émail cloisonné, décorés de fleurs et d'ornements en couleurs sur fond bleu turquoise. Ils sont enrichis de lignes grecques et de filets réservés en bronze doré, et la partie intérieure du col est décorée de fleurs arabesques émaillées en couleurs sur fond bleu turquoise.

Haut., 42 cent.

10 — Joli Vase à panse sphérique et goulot renflé, en émail cloisonné décoré de fleurs variées sur fond bleu turquoise. Les deux anses reliant le col au vase sont formées de sceptres émaillés en couleurs.

Haut., 32 cent.

11 — Deux grands et beaux Vases modèle rouleau, décorés d'arbustes, de fleurs et d'oiseaux émaillés en couleurs sur fond bleu turquoise, relevé de fines cloisons réservées en or. Le col est enrichi de médaillons à fond d'émail blanc renfermant des attributs variés.

Haut., 65 cent.

12 — Joli Brule-parfums de forme rectangulaire à deux anses surélevées et reposant sur des pieds cintrés à têtes chimériques réservées en bronze doré. La panse et le couvercle sont décorés d'ornements variés se détachant en couleurs sur fond bleu turquoise. Le couvercle est surmonté d'une chimère assise en bronze doré.

Haut., 43 cent.

13 — Beau Vase forme balustre carré à couvercle décoré d'ornements variés émaillés en couleurs sur fond bleu turquoise. Les deux anses à têtes chimériques et anneaux mouvants ainsi que le dragon qui surmonte le couvercle sont en bronze doré.

Haut., 44 cent.

14 — Deux grands et beaux Flambeaux de forme carrée de plan et à larges plateaux évasés, en émail cloisonné de la Chine, décorés d'ornements variés et de fleurs émaillés en couleurs sur fond bleu turquoise. Les plateaux sont décorés intérieurement et extérieurement.

Haut., 44 cent.

15 — Deux Vases modèle rouleau décorés de plantes aquatiques sur fond blanc. Le col offre des fleurs et des attributs émaillés en couleurs sur fond bleu et violacé.

Haut., 45 cent.

16 — Deux grandes et belles Boites rondes, décorées de dragons rouges sur fond bleu turquoise et de médaillons renfermant des oiseaux aquatiques.

Diam., 44 cent.

17 — Deux Vases forme balustre à quatre lobes décorés de fleurs et d'oiseaux émaillés en couleurs sur fond bleu turquoise. Le col et la panse sont séparés par un motif d'ornement réservé en bronze doré.

Haut., 38 cent.

18 — Joli Brasero de forme ronde à deux anses en S surélevées et reposant sur trois pieds bas. Il est décoré de fleurs arabesques émaillées en couleurs sur fond bleu turquoise. Le bord plat du compartiment intérieur est enrichi de quatre petits animaux debout en bronze doré et le couvercle à bord droit émaillé est formé d'une grille en cuivre découpé à jour. Pièce très-curieuse.

Diam., 33 cent.

19 — Deux Vases, modèle cornet carré, à panse renflée et à arêtes saillantes découpées, décorés d'ornements variés émaillés en couleurs sur fond bleu turquoise. Le col est décoré à l'intérieur de fleurs arabesques sur fond bleu turquoise.

Haut., 37 cent.

20 — Brule-parfums, de forme sphérique, à couvercle, en émail cloisonné à fleurs arabesques sur fond bleu

enrichi de médaillons réservés en bronze doré et offrant en relief des fleurs finement ciselées. Les trois pieds cintrés et les deux anses à têtes chimériques sont en bronze doré. Le bouton du couvercle, de forme circulaire, est émaillé sur ses deux faces et enrichi d'une frise de feuilles ciselées et dorées formant entre-deux.

Haut., 38 cent.

21 — Deux petits Vases modèle rouleau, décorés d'oiseaux et de plantes aquatiques émaillés en couleurs sur fond bleu foncé rehaussé de cloisons réservées en or.

Haut., 37 cent.

22 — Joli Vase forme bouteille en émail cloisonné de la Chine décoré de fleurettes et de papillons se détachant en couleurs variées sur fond bleu lapis. Cette pièce porte un cachet à quatre caractères.

Haut., 38 cent.

23 — Deux petites Pagodes à panse sphéroïdale et long col surmonté d'un petit pavillon, et reposant sur des socles carrés à moulures, le tout décoré de fleurs arabesques et d'ornements émaillés en couleurs sur fond bleu turquoise.

Haut., 48 cent.

24 — Deux Figures de femmes debout portant chacune un plateau de fruits. Elles sont vêtues de tuniques à fond bleu turquoise avec pardessus émaillé blanc. Les têtes en bronze doré ont les yeux et les cheveux émaillés noir.

Haut., 47 cent.

25 — Petit Bassin rond en émail cloisonné de la Chine. Il offre au centre des dragons chimériques se détachant en couleurs sur fond blanc et au bord des fleurs et des médaillons d'animaux sur fond bleu; les entre-deux sont émaillés blanc et l'intérieur est bleu turquoise. Qualité très-ancienne.

Diam., 36 cent.

26 — Deux Flambeaux carrés de plan et à larges plateaux évasés en émail cloisonné à fleurs et ornements sur fond bleu et vert d'eau. Les plateaux sont émaillés dans toutes leurs parties.

Haut., 44 cent.

27 — Joli Coffre de forme rectangulaire et haute en émail cloisonné. Il offre au pourtour des arbustes et des oiseaux et le couvercle est décoré de fleurs arabesques sur fond bleu turquoise. Le fermoir et les charnières sont en cuivre gravé et découpé à jour.

Haut., 35 cent.; larg., 35 cent.

28 — Deux Brule-parfums de forme sphérique, montés sur des pieds élevés à larges bases, en émail cloisonné à fleurs et ornements sur fond bleu turquoise. Les couvercles sont en bronze ciselé et découpés à jour.

Haut., 31 cent.

29 — Joli Brule-parfums à panse sphéroïdale et à couvercle à quatre lobes en cuivre repoussé et doré à ara-

besques et caractères en relief enrichis d'émaux saillants bleu foncé et bleu clair dits à gouttelettes. Les anses en S et les pieds à têtes chimériques en bronze doré sont rehaussés également d'émaux à gouttelettes. Le couvercle est surmonté d'une petite chimère assise en cuivre doré. Belle qualité.

Haut., 33 cent.

30 — Deux petits Coqs debout, en émail cloisonné de la Chine, décorés de couleurs variées. Socles en bois.

Haut., 30 cent.

31 — Paire de doubles Vases accolés, forme bouteille, l'un d'eux décoré de fleurs émaillées en couleurs sur fond bleu foncé et l'autre d'attributs divers sur fond blanc.

Haut., 32 cent.

32 — Deux petits Vases de forme surbaissée à panse sphéroïdale, décorés de plantes aquatiques et d'ornements émaillés en couleurs sur fond bleu turquoise.

Haut., 16 cent.

33 — Petit Brule-parfums à panse sphérique reposant sur trois pieds à têtes chimériques et à anses formées de dragons, en cuivre repoussé à ornements en relief émaillés à gouttelettes. Le couvercle, émaillé de même, est surmonté d'un bouton en cuivre ciselé, doré et découpé à jour. Socle en cuivre gravé et doré, incrusté de pierreries et enrichi d'une rosace émaillée.

Haut., 31 cent.

34 — Coupe ronde décorée à l'intérieur et à l'extérieur de fleurs arabesques émaillées en couleurs sur fond blanc et bleu. Belle qualité.

Haut., 22 cent.; diam., 9 cent.

35 — Boite de forme lenticulaire décorée d'ornements émaillés en couleurs sur fond bleu turquoise. Cette pièce est exécutée partie en taille d'épargne et partie en cloisonné.

Diam., 12 cent.

PORCELAINES

36 — Grand et très-beau Vase modèle rouleau en ancienne porcelaine de Chine, décoré en émaux de la famille verte. La panse représente une scène de théâtre composée d'un grand nombre de personnages. Le col est décoré d'un paysage traversé par un cours d'eau.

Haut., 78 cent.

37 — Beau Vase forme balustre, à côtes horizontales et à deux anses têtes de dragons, en porcelaine de Chine émaillée à l'imitation du bronze et rehaussée d'or. La panse est enrichie d'ornements en relief émaillés brun et rehaussés d'or se détachant sur un fond vert gaufré à lignes grecques. Ce vase a été fabriqué à la manufacture impériale sous le règne de Kien-Long.

Haut., 50 cent.

38 — Grande et belle Vasque ronde en porcelaine de Chine, décorée de poissons et de fleurs émaillées en bleu et rouge de cuivre.

Haut., 19 cent.; diam., 58 cent.

39 — Beau Vase modèle rouleau en ancienne porcelaine de Chine, décoré en émaux de la famille verte et représentant une scène de théâtre dans un paysage. Ce sujet se compose d'un grand nombre de figures, remarquables par le soin apporté à leur exécution.

Haut., 48 cent.

40 — Grand et beau Vase, modèle amphore, en ancien céladon bleu turquoise, décoré de dragons et d'ornements gravés sous émail. Cette pièce est remarquable par ses dimensions.

Haut., 73 cent.

41 — Joli Vase modèle rouleau en ancienne porcelaine de Chine, décoré en émaux de la famille verte à médaillons de fleurs et attributs sur fond vert filigrané et semé de fleurettes.

Haut., 46 cent.

42 — Deux jolies Chimères assises sur socles carrés, en ancienne porcelaine de Chine, décorées en émaux de la famille verte. L'une d'elles a sous la patte une boule découpée à jour et l'autre une petite chimère.

Haut., 37 cent.

43 — Beau Vase en forme de balustre hexagonal, en ancienne porcelaine de Chine, orné de figures et d'attributs en relief, décorés en émaux de la famille verte. La partie supérieure de la panse offre des médaillons de paysages qui se détachent sur un fond vert relevé de fleurs.

Haut., 4[illegible] cent.

44 — Joli Vase forme balustre à ouverture étroite en porcelaine de Chine, décoré d'un dragon à cinq griffes, gaufré sous émail et réservé en blanc sur un fond de vagues en rouge de cuivre. Cette pièce remarquable porte une marque à six caractères.

Haut., 36 cent.

45 — Vase modèle rouleau en ancienne porcelaine de Chine, décoré de figures émaillées en couleurs sur un fond bleu fouetté, relevé de rosaces et d'arabesques d'or.

Haut., 75 cent.

46 — Vase forme bouteille en porcelaine de Chine décoré d'un dragon à cinq griffes et de nuages en rouge de cuivre et en bleu.

Haut., 53 cent.

47 — Beau Vase, modèle rouleau, en ancienne porcelaine de Chine, décoré en émaux de la famille verte et représentant un groupe de figures dans un paysage. Belle qualité.

Haut., 47 cent.

48 — Très-beau Vase, forme balustre, en ancien céladon bleu turquoise truité. Cette pièce est remarquable par la régularité de son émail et la finesse du truité.

Haut., 29 cent.

49 — Deux très-beaux Vases forme balustre à gorge évasée en porcelaine de Chine, décorés en émaux de la famille verte et représentant des groupes de figures dans des paysages. Quoique différents de décor, ces deux vases peuvent se faire pendant.

Haut., 47 cent.

50 — Beau Vase modèle potiche, en ancienne porcelaine de Chine, décorés de fleurs, d'oiseaux et d'ornements en émaux de la famille verte. Belle qualité.

Haut., 46 cent.

51 — Vase modèle balustre à deux anses, en porcelaine de Chine, décoré d'ornements et d'attributs émaillés en couleurs.

Haut., 49 cent.

52 — Vase forme balustre, en céladon bleu turquoise marbré de bleu foncé et de taches métalliques.

Haut., 27 cent.

53 — Joli Vase forme gourde en ancienne porcelaine de Chine, décoré de lambrequins ornés de fleurs et d'oiseaux en émaux de la famille verte.

Haut., 47 cent.

54 — Deux petits Vases modèle balustre à deux anses, en porcelaine de Chine, décorés de dragons émaillés en couleurs sur fond de biscuit. Pièces curieuses.

Haut., 30 cent.

55 — Vase de forme droite et hexagonale à gorge ronde, en ancienne porcelaine de Chine, décoré sur chacune de ses faces de fleurs, d'insectes et d'ornements en émaux de la famille verte.

Haut., 50 cent.

56 — Vase forme balustre, en ancien céladon bleu turquoise jaspé de bleu foncé.

Haut., 37 cent.

MATIÈRES PRÉCIEUSES

57 — Jade blanc laiteux. — Jolie coupe couverte reposant sur trois pieds, décorée d'ornements finement gravés en relief et garnie de deux anses têtes chimériques et anneaux mouvants pris dans la masse.

Diam., 13 cent.

58 — Cristal de roche. — Grand et très-beau groupe composé d'un vase forme balustre à deux anses têtes d'éléphants; d'un pitong simulant un tronc d'arbre, et d'un flacon à eau de forme sphérique. Ces trois vases sont reliés entre eux à l'aide de branches de fruits repercées à jour, et l'une de ces branches est tenue par un

oiseau debout. Le tout est pris dans la masse. Cette pièce est remarquable par son volume et la pureté de la matière.

Haut., 22 cent.; larg., 23 cent.

59 — Jade blanc. — Joli vase de forme ovoïde, décoré de chauves-souris voltigeant dans des nuages, gravés en relief. Anses à dragons et pieds formés chacun d'un singe accroupi, le tout pris dans la masse. Le couvercle parfaitement ajusté est surmonté d'une fleur repercée à jour.

Haut., 21 cent.

60 — Cristal de roche. — Grand groupe composé d'un vase modèle balustre carré à deux anses et de deux pitongs simulant des troncs d'arbres, le tout relié par des branches de fleurs et pris dans la masse. Le couvercle du vase principal est surmonté d'une chimère couchée. Socle en ivoire teint et contre-socle en bois sculpté.

Haut., 19 cent.; larg., 19 cent.

61 — Jade blanc. — Jolie coupe ronde et basse reposant sur trois pieds bas, décorée de branches de fruits et de fleurs et de chauves-souris, finement gravés en creux et dorés. Anses à têtes chimériques et anneaux mouvants pris dans la masse. Socle et contre-socle en bois sculpté.

Haut., 23 cent.; diam., 7 cent.

62 — Cristal de roche. — Ecritoire de forme sphérique, à couvercle surmonté d'une chimère et reposant sur le dos d'une grande chimère couchée, près de laquelle est un oiseau. La disposition de cette pièce, dont toutes les parties sont prises dans la masse, est fort curieuse. Socle en ivoire teint et contre-socle en bois sculpté.

Haut., 16 cent.; larg., 21 cent.

63 — Jade vert. — Brûle-parfums de forme surbaissée à deux anses plates garnies d'anneaux mouvants pris dans la masse. Le couvercle, découpé à jour, est surmonté d'un bouton formé d'un dragon enroulé.

Haut., 14 cent.; diam., 20 cent.

64 — Jade blanc. — Coupe ronde et surbaissée, décorée d'ornements gravés en relief et garnie de six anses ornées garnies d'anneaux mouvants pris dans la masse. Pièce curieuse.

Diam., 19 cent.

65 — Cristal de roche. — Groupe de trois vases reliés par des branchages repercés à jour, le tout pris dans la masse. Le vase principal est de forme balustre aplati à anses têtes d'éléphants et anneaux mouvants, et à couvercle surmonté d'une chimère; les deux autres simulent des troncs d'arbre; une grue sacrée en ronde bosse est accolée à un de ces derniers.

Haut., 20 cent.; larg., 19 cent.

66 — Jade vert. — Brûle-parfums à couvercle entièrement composé de frises de fleurs repercées à jour et à deux anses formées de branches de fleurs repercées à jour et prises dans la masse. Le bord supérieur de la coupe est plat et se compose d'ornements repercés à jour.

Haut., 21 cent.; diam., 13 cent.

67 — Jade blanc grisatre. — Groupe de deux vases de style antique pris dans la masse. L'un d'eux a la forme d'un balustre carré aplati avec couvercle surbaissé. L'autre, de forme oblongue, a également un couvercle surbaissé. Ces deux vases sont décorés d'ornements très-finement gravés en relief.

Haut., 22 cent.; larg., 17 cent.

68 — Jade vert. — Groupe composé de deux vases, de branchages et d'une grue sacrée, le tout découpé à jour et pris dans la masse. Un des vases a la forme d'un cornet aplati à panse renflée, et l'autre, modèle balustre, a un couvercle surmonté d'un bouton repercé à jour.

Haut., 20 cent.; larg., 16 cent.

69 — Agate rosée. — Double coupe formée de deux pêches accolées, reliées par des branchages, le tout pris dans la masse.

Haut., 16 cent.; larg. 8 cent.

70 — Jade blanc. — Deux grandes pagodes ou brûle-parfums en bronze doré et cuivre émaillé à gouttelettes, garnies de plaques de jade gravé à fleurs et ornements et repercé à jour. Les colonnettes qui supportent le triple toit sont émaillées à gouttelettes et entourées de dragons dorés.

Haut., 84 cent.

BIJOUX

71 — Beau et curieux Collier entièrement composé de fleurs, de rosaces, d'insectes et d'animaux divers exécutés en or, en jade vert et blanc, en ambre et autres pierreries, le tout rapporté sur un fond de satin noir découpé, garni à ses extrémités de pendeloques de diverses matières montées en or. Quantité des pièces exécutées en or sont rehaussées de plumes appliquées de martins-pêcheurs.

Cette pièce, de travail très-ancien, est remarquable par sa conservation et par son élégance.

BRONZES

72 — Éléphant debout couvert d'un riche caparaçon orné de dragons en relief et supportant une lanterne dorée à double étage avec pavillon surmonté d'un oiseau. Bronze japonais, muni d'une belle patine verdâtre.

Haut., 62 cent.; larg., 70 cent.

73 — Brule-parfums de forme oblongue à deux anses droites surélevées et reposant sur quatre pieds droits. Bronze chinois couvert de fines niellures d'argent. Socle et couvercle en bois de fer sculpté à dragons, ce dernier avec bouton en cornaline.

Haut., 28 cent.; larg., 37 cent.

74 — Beau Brule-parfums de forme oblongue offrant au pourtour des dragons se jouant dans les flots et à anses têtes chimériques. Le couvercle, décoré de même, est repercé à jour et son bouton se compose d'un dragon enroulé. Bronze chinois portant une marque à six caractères.

Haut., 24 cent.; larg., 29 cent.

75 — Deux jolis Vases de forme droite à anses à dragons, surmontés d'un large plateau circulaire et reposant sur des pieds ornés. Ces vases de travail japonais sont munis d'une belle patine verdâtre et enrichis d'incrustations d'argent. Ils offrent sur chacune de leurs faces des groupes de figures de guerriers et autres exécutés en relief et incrustées de même.

Haut., 33 cent.

76 — Brule-parfums de forme sphérique à deux anses surélevées et reposant sur trois pieds droits. Bronze chinois couvert de riches niellures d'argent. Couvercle en bois sculpté découpé à jour avec bouton cornaline. Socle en bois sculpté.

Haut., 28 cent.

77 — Brasero de forme surbaissée reposant sur trois pieds bas et à deux anses surélevées. Bronze chinois taché d'or avec marque composée de six caractères.

Diam., 28 cent.

78 — Groupe. — Faucon sur son perchoir garni d'une draperie. — Bronze japonais couvert de riches niellures d'argent.

Haut., 33 cent.

79 — Deux jolis petits Vases formant flambeaux en bronze, enrichis d'incrustations en argent, à figures et oiseaux en relief. Jolie patine claire.

Haut., 21 cent.

80 — Brule-parfums de forme ovale orné d'animaux fantastiques en relief et à anses têtes chimériques garnies d'anneaux mouvants. Le couvercle, repercé à jour, est orné de dragons et d'oiseaux se jouant dans les nuages. Bronze chinois avec patine en deux tons.

Haut., 27 cent.; larg., 26 cent.

81 — Vase forme cornet carré à arêtes saillantes et ornements en relief. Beau bronze chinois taché d'or.

Haut., 27 cent.

82 — Petit Brule-parfums reposant sur trois pieds droits et à deux anses surélevées. Bronze chinois niellé d'argent. Socle en bois sculpté.

Haut., 15 cent.

MEUBLES ET LAQUES

83 — Deux grands Écrans en bois de fer sculpté avec panneaux représentant des animaux et des oiseaux exécutés en relief en jade, malachite, sardoine et autres matières. Le revers laqué est décoré d'or.

Haut. totale, 2 mèt.; larg., 1 mèt.

84 — Deux belles Encoignures du temps de Louis XV, en laque, à décor de paysages et rosaces d'or, très-richement garnies de beaux bronzes ciselés et dorés de style rocaille. Dessus de marbre portor.

85 — Deux Futs de colonnes cannelées en bois d'acajou garnis de bronzes ciselés et dorés. Style Louis XVI.

86 — Charmant petit Cabinet étagère en ivoire, écaille et bois laqué en or en relief, à fleurs et oiseaux; il est garni de tiroirs et de compartiments mobiles et repose sur un socle élevé formant étagère.

Haut., 43 cent.; larg., 57 cent.

87 — Belle Boite de forme oblongue à angles arrondis en laque noir du Japon, couverte d'un riche décor d'or en relief représentant des arbustes et des fleurs. L'intérieur du couvercle offre un décor anologue sur fond aventuriné.

Haut., 16 cent.; larg., 42 cent.

ÉTOFFES

88 — Deux belles Portières en satin rouge richement brodées de figures dans des paysages en soies de couleurs et or.

89 — Deux Portières analogues à celles qui précèdent, mais sur fond de satin un peu plus clair.

90 — Deux autres Portières en satin rouge brodées à fleurs en soies de couleurs.

91 — Deux Portières en satin rouge, décorées d'oiseaux brodés en soies de couleurs.

92 — Deux autres Portières analogues, décorées de jeux d'enfants.

93 — Deux autres, semées de fleurs.

94 — Une Portière en satin rouge brodé, décorée d'une figure de femme.

95 — Couvre-pieds en soie rouge, décoré de figures.

93 — Deux autres, semées de fleurs.

94 — Une Portière en satin rouge brodé, décorée d'une figure de femme.

95 — Couvre-pieds en soie rouge, décoré de figures.

www.ingramcontent.com/pod-product-compliance
Ingram Content Group UK Ltd.
Pitfield, Milton Keynes, MK11 3LW, UK
UKHW020228180726
13838UKWH00005B/2268

9 782329 467887